A todas aquellas cigüeñas
que tienen que dejar su
nido, con la esperanza de
que encuentren un tejado
solidario donde poder
realizar sus sueños.

CUENTO
DE LUZ

A las personas que me acompañaron en este viaje.
- María Quintana Silva -

Para Philippe y los tres gatos.
- Marie-Noëlle Hébert -

Impermeable y resistente
Producido sin agua, sin madera y sin cloro
Ahorro de un 50% de energía

El viaje de Kalak
© 2018 del texto: María Quintana Silva
© 2018 de las ilustraciones: Marie-Noëlle Hébert
© 2018 Cuento de Luz SL
Calle Claveles, 10 | Urb. Monteclaro | Pozuelo de Alarcón | 28223 | Madrid | Spain
www.cuentodeluz.com
ISBN: 978-84-16733-43-9

Impreso en PRC por Shanghai Chenxi Printing Co., Ltd. diciembre 2017, tirada número 1625-2

EL VIAJE DE KALAK

María Quintana Silva

Marie-Noëlle Hébert

Kalak vive con sus padres,
sus hermanos y otras cien cigüeñas
en la parte del mundo donde los nidos
son viejos, los tejados están destruidos,
el suelo está seco y nunca hay suficiente
comida para llenarse la pancita.
Un día deciden abandonar todo y volar
hacia otro lugar.

—¡Allí podremos comer un montón de lombrices! —exclama el mayor de los hermanos.

—¿Y qué pasará con nuestro nido? —le pregunta Kalak, esquivando una nube.

—¡Construiremos uno mejor! —responde otro hermano.

—Seremos muy felices —añade un tercero ascendiendo con energía.

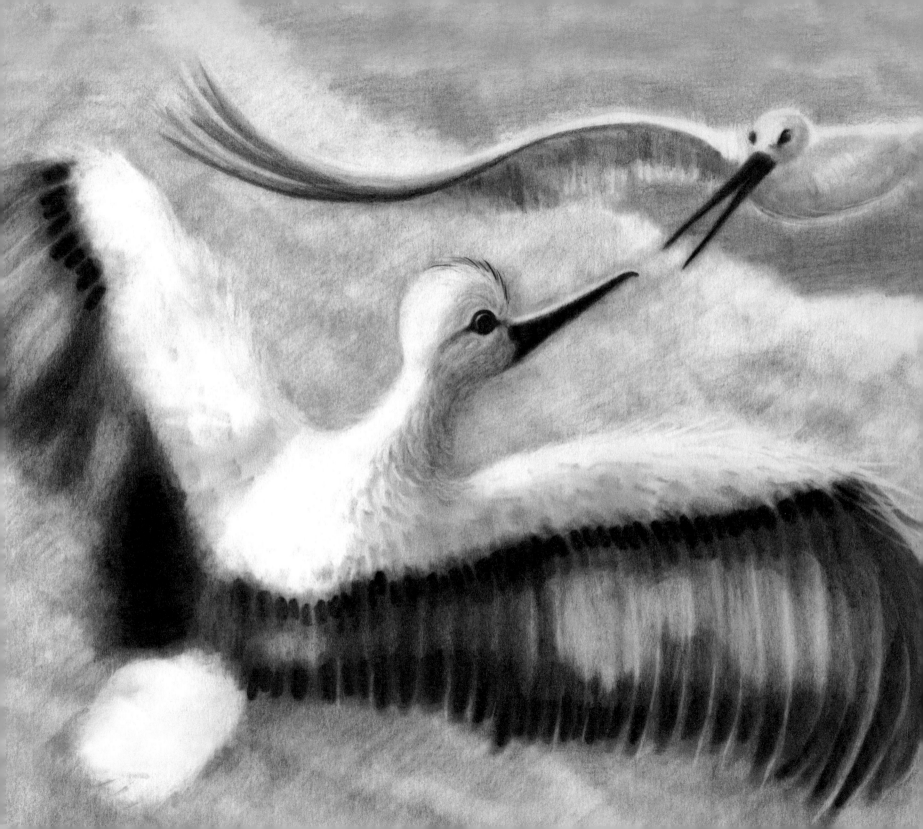

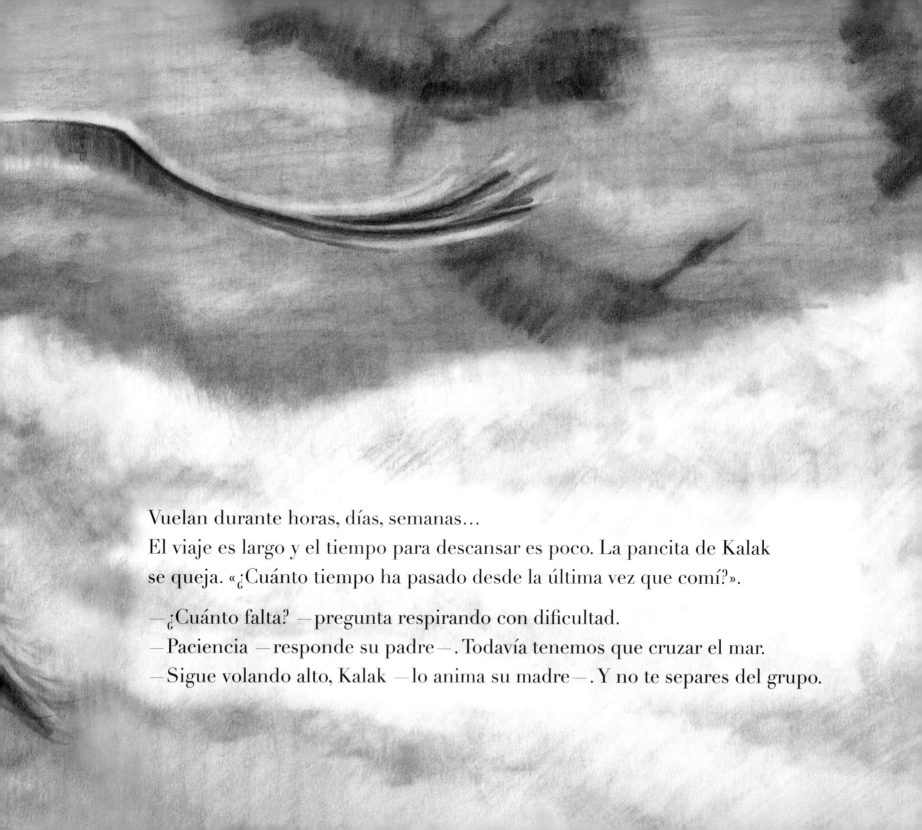

Vuelan durante horas, días, semanas…
El viaje es largo y el tiempo para descansar es poco. La pancita de Kalak
se queja. «¿Cuánto tiempo ha pasado desde la última vez que comí?».

—¿Cuánto falta? —pregunta respirando con dificultad.
—Paciencia —responde su padre—. Todavía tenemos que cruzar el mar.
—Sigue volando alto, Kalak —lo anima su madre—. Y no te separes del grupo.

De repente, las cigüeñas empiezan a perder altura. Bajo las nubes aparece esa profunda inmensidad azul tan difícil, dicen, de atravesar.

Casi sin aliento, Kalak bate las alas con fuerza. Pero es complicado recuperar altitud sin las corrientes de aire caliente que ayudan a las cigüeñas a volar sobre la tierra firme. La bandada avanza y el pequeño se queda atrás.

Kalak desciende aún más, tanto que el agua casi roza sus alas. Lejos de sus compañeras, lucha por no tocar la superficie del mar. Podría ahogarse, si tan solo una de sus plumas se mojara.

«¿Existirá realmente otro lugar?», se pregunta Kalak observando cielo y mar unidos en el horizonte.

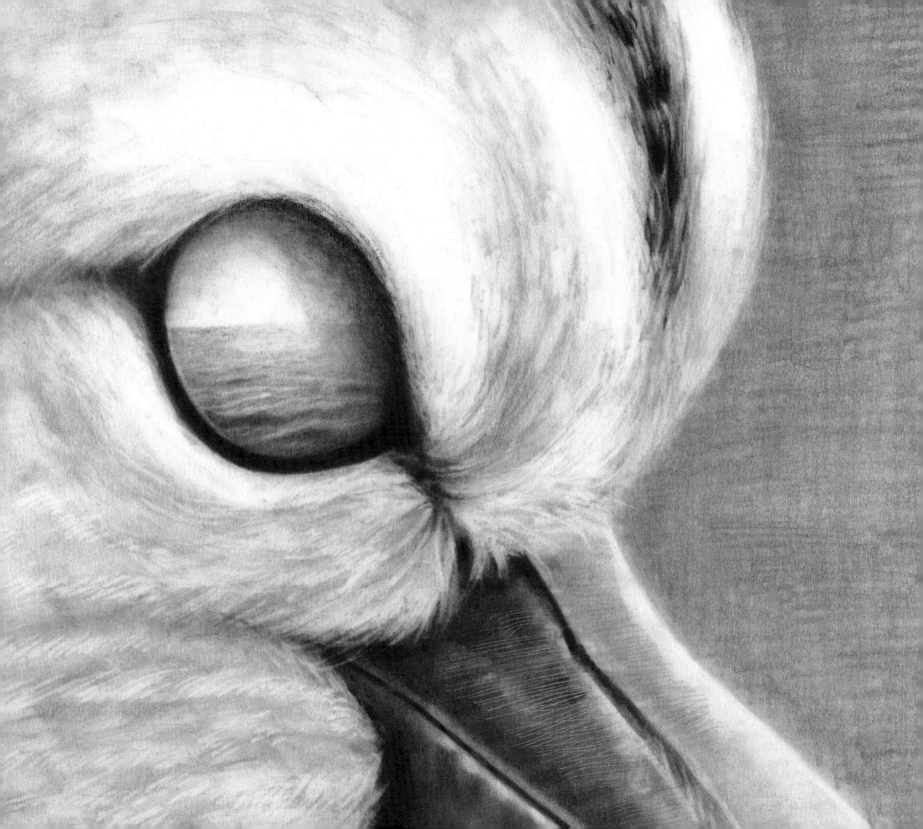

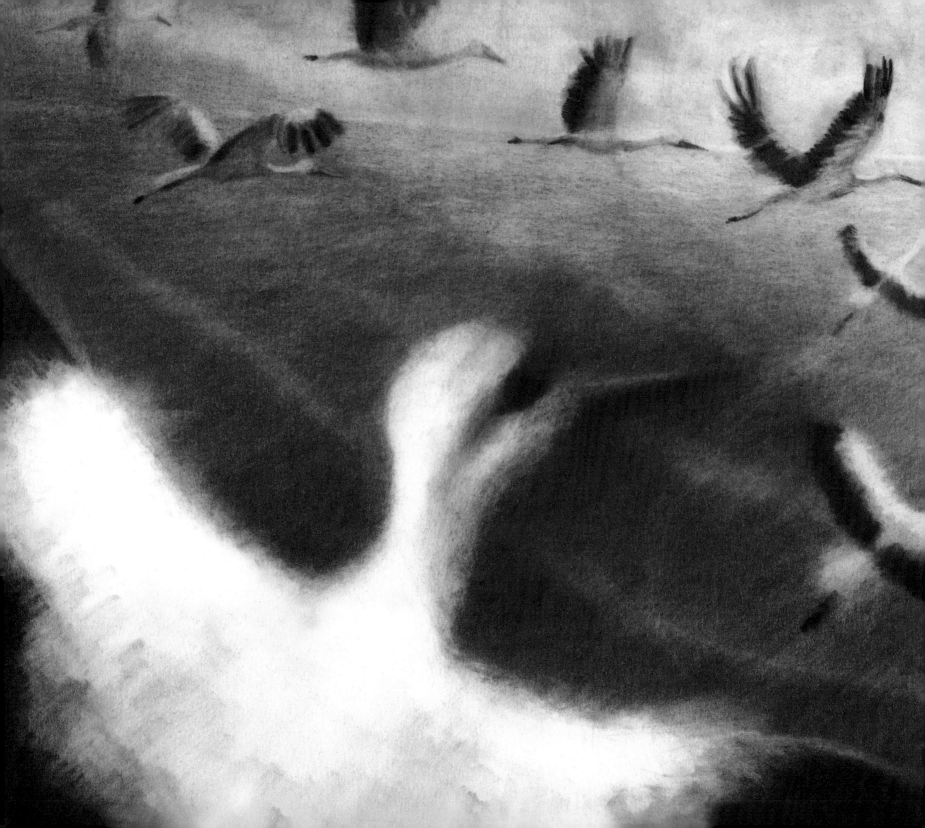

Por fin, la tierra aparece a lo lejos. Nuevas corrientes térmicas elevan a Kalak sobre muchos, muchos tejados, hasta que consigue alcanzar de nuevo al grupo.

—¡Papá! ¡Mamá! —grita sin obtener respuesta.

Ni rastro de sus padres y tampoco de sus hermanos.

«¿Cómo encontraré el nuevo nido?», se pregunta, volando
desorientado.

Poco a poco, grandes nubes grises cubren el cielo y las cien
cigüeñas se ven sumergidas en un gran temporal.

El viento empuja a Kalak de aquí para allá,
alejándolo de nuevo de la bandada. Una ráfaga
lo arroja contra el tejado de una casa.

Solo, perdido y herido, Kalak se acurruca entre sus plumas mojadas. Bajo truenos y relámpagos, pensando en su viejo nido abandonado, se queda dormido.

Más tarde el olor a hierba fresca
lo despierta. A su alrededor, elegantes
cigüeñas habitan en preciosos nidos
sobre otros tejados. ¡El temporal
no le había dejado ver que ya
había llegado a un nuevo lugar!

—¡Fuera de nuestro tejado! —lo
asaltan dos cigüeñas autóctonas.

—Perdón… Estoy buscando a
mi familia —se disculpa Kalak
retrocediendo—. ¿Alguien sabe
dónde está mi nido?

—Aquí no hay sitio para tu bandada
—afirma una de las cigüeñas.

—¡No eres bienvenido! —añade
su compañera, mientras ambas empujan
a Kalak hacia el borde del tejado.

Con un ala herida, Kalak
se mantiene en equilibrio
en la cornisa y sin poder volar
cae al vacío.

—¡Muy amables! —grita
mientras aterriza con dificultad.

Kalak se queda allí solo, en la húmeda hierba, sin saber qué hacer ni adónde ir.

De repente, otra cigüeña desciende desde el cielo y, desplegando sus alas, envuelve a Kalak en un abrazo. Después reemprende el vuelo y Kalak la sigue, medio volando, medio saltando.

—¡Kal-ak! ¡Kal-ak! ¡Kal-ak! —su nombre resuena dos calles y tres tejados más abajo.

—¡Kal-ak! ¡Kal-ak! ¡Kal-ak! —crotoran sus familiares alzando el pico contentos, abrazándolo y dando las gracias a la amable cigüeña.

Kalak, su familia y sus cien compañeras viven ahora en este nuevo lugar donde hay suficientes lombrices para todos. Muchas cigüeñas autóctonas los han ayudado a construir nuevos nidos en los tejados. La pancita de Kalak ha dejado de quejarse.

Kalak es una cigüeña del mundo: libre para volar
alto y descubrir nuevos horizontes.